네가 우는 줄도 모르고 밤새 물들었다

네가 우는 줄도 모르고 밤새 물들었다

초판1쇄 찍은 날 | 2024년 12월 12일
초판1쇄 펴낸 날 | 2024년 12월 19일

지은이 | 유진수
펴낸이 | 송광룡
펴낸곳 | 문학들
등록 | 2005년 8월 24일 제2005 1-2호
주소 | 61489 광주광역시 동구 천변우로 487(학동) 2층
전화 | 062-651-6968
팩스 | 062-651-9690
전자우편 | munhakdle@daum.net
블로그 | blog.naver.com/munhakdlesimmian

ⓒ 유진수 2024
ISBN 979-11-989410-9-1 03810

• 이 책은 전라남도, 전남 문화재단의 후원을 받아 발간되었습니다.

문학들 시인선 036

유진수 시집

네가 우는 줄도 모르고 밤새 물들었다

문학들

시인의 말

처마 끝 빗물이
확독에 떨어졌다

부레옥잠
한바탕 흔들리고

두통 앓듯
詩가 다녀갔다

2024년 12월
빛가람에서
유진수

차례

제2부

제3부

제1부

단풍

네가 우는 줄도 모르고
밤새 물들었다

작약은 난닝구 속에서도 핀다

황토물 땀범벅 늘어난 난닝구
배꼽 빵꾸가 모종 구멍만 하게 났습니다

개미 한 마리 단내 맡고 올라왔나 봅니다
경운기 손잡이로 긁는다는 게 그만

빵꾸가 단호박만 하게 커진 줄도 모르고
덜덜덜 로터리 작업이 트롯처럼 흥겹습니다

하동 아재 고추밭은 올해도 붉고 깊습니다
봄비 오기 전 밑거름에도 인정이 넘칩니다

경계에는 옥수수 모서린 방울토마토
한편에는 아내 위한 꽃밭을 마련합니다

어구야, 보소 보소

하동 아짐 걸쭉한 점심 밥상 지청구에
봄볕 그을린 살 밖으로 난닝굴 밀어내는데

오매! 아재여, 배꼽에 작약 한 송이
하마 수줍게 붉었습니더

나주곰탕

세월을 삶으면 이런 맛일까
질긴 양지 사태 곰고 고아
말라 틀어진 중년의 생채기
초여름 가랑비 내리듯
담백하게 달랠 수 있을까

IMF에 등 떠밀린 객지살이
미국발 금융 위기로 쫓겨나고
코로나 팬데믹 셧다운
급살과 횡액에 식어버린 마음
토렴하듯 데울 수 있을까

밥알 쪼개 입에 넣어 주던
어머니의 강이 약손처럼 흐르고
뒤를 품어 다독이던
아버지의 평야가 물결치는
곰탕 한 그릇

상처를 고면 이런 맛일까

깊을수록 맑아지고
아플수록 깨끗해지는
지난한 영혼들의 안식安食
다시 일어서는 힘

기왓장에 핀 사랑

꽃이 별거더냐
내가 너에게 집이 되고
네가 나에게 밥이 되고
십 년에 한 발치라도
엄동 창틈 볕뉘라도
손잡고 걸을 수 있다면
함께 누울 수 있다면
꽃이 별거더냐
곰팡이와 조류藻類로 만나
앉은뱅이와 맹인으로 만나
누구는 하얀 균사로 집을 짓고
누구는 빛과 공기로 밥을 짓고
미움의 씨앗보다
욕망의 열매보다
극한 험지 같이 살 수 있게
나는 뿌리가 되어 줄게
너는 가지가 되어 다오
제멋대로 흐드러진 사월
개나리, 목련, 개복숭, 벚꽃

아랫동네 그윽이 내려 보는
기왓장에 핀 꽃대궐

바다를 닮은 창

바다를 닮은 창 앞
중년의 커플이 앉아 있다
갯돌이 된 문어처럼
나뭇잎이 된 새처럼
서로의 기억에 셋방을 내어 주며
설 데인 장판에 그림을 펼친다
한창의 열정에 타버린 아랫목
그 검은 터널을 뚫고 온 세월
갈매기는 서해 먼바다를 바라본
이유를 말하지 않는다
보리멸은 구시포를 떠나지 않는
이유를 말하지 않는다
바람이 바다를 닮는 건 쉬운 일
그러나 닮아간다는 건 고난의 길
실망하고 포기한 체념의 기항지
무엇이 무엇을 닮아간다는 건
신앙을 갖는 일이다
누군가 누굴 닮아간다는 건
결코 닮을 수 없는 창틀을
비워 놓는 일이다

깻잎의 비밀

'깻잎'이라고
말해 보세요

[깬닙]이 생겨요

눈으로 볼 수 없고
손으로 쓸 수 없는

중독의 모국어

혀끝이 잇몸에
수줍게 튕기는

키스의 향신료

'깻잎'이라고
속삭여 보세요

풀잎 하나 온몸으로

풀잎 하나 온몸으로
빗방울을 안고 있네

아슬아슬 흔들리며
쏟을세라 온몸으로

이러다가 부러질까
이러다가 쏟아질까

저마다 견딜 만큼
비틀비틀 낭창낭창

풀잎 하나 온몸으로
빗방울을 안고 있네

태풍

언제, 폭포를 거스를 수 있으랴
비도 중력을 잃고 비틀거린다
'공정과 상식'이 사회성을 잃고
당연한 것도 당연한 것이 아닐 때
너와 함께한 그 한 번을 생각한다
비바람 몰아치고 우산을 펼 수 없을 때
숲을 갈아엎고 전원주택이라고 말할 때
반려의 개가 주인을 돼지 취급할 때
재난의 불평등으로부터
자유롭지 못한 자들의 몰계급성
기하급수 전염되는 '부산행' 좀비 열차 칸에서
다시 그 궤적을 생각한다
항로는 짧고 역사는 길다
언제, 하늘을 거스를 수 있으랴
거리마다 머리채 풀고 두 팔 꺾어
마른 땅 두드리며 웅웅 호곡할 수 있으랴

바늘에 실을 꿰며

이불은 상하 방 위 칸을 가득 채웠다. 할머니는 추석 지나 명절 음식 떨어질 무렵 방 안 가득 솜이불 펼쳐두고 대바늘로 홑청을 꿰며 겨울을 준비하셨다. 이불귀를 도는 뒤뚱걸음 우스워 치맛자락 붙들고 오리 새끼처럼 발발발 따라도는데 걸레 바구니 외발로 밀어내며 한말씀 하신다. "아가, 니도 해 보고 싶냐? 글믄 할미 눈이 침침한께로 니가 바늘에 실 좀 꿰 보련" 침 발라 실 끝 뾰족하게 말고 바늘귀를 향하지만 눈 앞에서 매번 헛방이다. 보다 못한 할머니의 유쾌한 지청구 "됐다. 녀석아, 이리 가져온." 하시더니 바늘과 실로부터 하얀 눈은 점점 멀어져가고 눈 감고 바늘귀에 실을 꿰시는 건지, 변웅전 아저씨의 묘기 대행진에 나가시려는 건지 아리송할 순간, 실이 관통했다. "와, 할머니 난 가까이서도 안 보이던데 어떻게 꿰었어 응응?" "아가, 원래 가차운 데서 더 안 뵈는 뱁이여, 우짤 땐 멀리 떨어져 봐야 잘 뵐 때가 많아야. 눈에 보인다고 다 믿어선 안 되고, 안 보이는 것을 볼 줄 알아야 훌륭한 사람이다. 알겠냐?" 그땐 알 수 없었지만 문학소년 개품 잡을 때 스쳤던 '칼릴 지브란'의 잠언이 소학교 근처도 못 간 할머니 말씀에 고스란히 담겨 있음을 알았다. 비 온 날 옆집 고

추 걷어 주다 낙상해 시름시름 앓다 가신 나의 예언자 울
할머니. 추석은 변함없이 돌아오고 꿈속에서 로또 번호 기
다리고 있을 길 잃은 오리 새끼에게 또 어떤 예언을 해 주
실지, 애먼 바늘과 실을 붙들고 중년의 노안을 탓한다.

환몽

새벽잠에서 깼다
더듬더듬 전화기를 찾아 번호를 누른다
습관적으로 원을 그리며 뛰는 타조처럼
눈을 꿈뻑거리며 전화번호를 누른다
양동시장 훈모 엄마가 튀겨 주는
치킨을 사간다고 할까 아니아니
송정동 떡갈비와 쿨피스를 사간다고 할까
갓 들어선 노안을 훔치며 0…8…1…6…
갓난쟁이 발가락 세듯 신호음을 기다린다

── 지금 거신 전화번호는 없는 번호이니

쿵!

잠에서 깼다
그녀가 없다
번호도 없다

없는 번호에서 흐르는 손끝 반도체 전류

현실에서 꿈으로 꿈꾸듯 다시 현실로
심장과 뇌수를 오가며 파들파들 들떠 있다

성묘 가는 길

어느덧 망월 묘역
아파트 단지 다 됐네

몇 번이고 주소 적어 일러 줬건만
날도 추운데 집도 못 찾고 헤매냐고
못 산다 할매 땜에 볼썽사납게 투덜댔더니
못 산다는 똥강아지 뒤로 두고
가난한 천수마저 멀리하셨네

맡겨 둔 사랑마냥 곶감 빼먹듯
산다는 핑계 못 산다는 이유로
미루고 미루다 전염병 창궐 명절 끝
뒷굽 닳은 구두 끌고 터벅터벅 찾았더니

아이구야 망월 묘역
아파트 단지 다 됐네

몇 번이고 눈도장 지형지물 익혔더니
날은 춥고 묘는 못 찾고

발동동 섰다섰다 재롱 피는데
저 멀리 올 할매 바람 호각 휘휘 불며
아가 아가 다급히 손짓하시네

뭣하러 뭣하러 고생길 왔느냐
맨발 마중 오시네

엄마, 글을 심다

전쟁통 벽오지 가난
배워 본 적 없는 가갸거겨
고추 모종 심듯 살아온 세월
꾹꾹 눌러 새긴다 아야어여
엄마는 바둑판 흑백으로 살았다
생계와 생존으로 구획된 삶터
앙당 물고 새끼들 품던 어금닛소리
잇몸살 젖몸살 부르트게 앓던 혓소리
어린것들 밥알 으깨 먹이던 입술소리
막둥이 손자 쓰다 버린 한글 공책에
달 지난 조계종 길상사 달력 뒷장에
내리사랑 어루만지듯
부처님 공양 전 성불하듯
따박따박 글을 심어 놓았다

    막내아들 집 주소
    탁배 저나번오

올봄 심은 고추 모종 개발새발 여물어

아들네 현관 앞 일용할 양식으로 왔다

　　물까가 마니 오랐다드라
　　버러무꼬 살기 힘드니께
　　엄마가 찬꺼리 쪼까 보낸다

송악*

선운사 길목에 들어서면
바위를 바다로 만든 나무가 있다
발 디딜 틈 없는 절망의 벼랑 끝
원망과 한계를 최선이라는 변명으로
위로하고 등 돌릴 때
이만큼의 그늘도 어디냐
매달려 사는 것도 차선이라고
희망 없는 물세례를 뿌릴 때

나무는

백만 년 무정한 바위에 물길을 내고
한 걸음 한 걸음 파도를 만들고
초록의 물보라를 일으켰다
선운사 길목에 들어서면
무너진 억장을 딛고
새들에게 공생을 공양하고
심해의 고래를 기다리는
그대를 닮은 위태로운 나무가 있다

* 전북 고창군 삼인리 송악(천연기념물 제367호)

시가 꽃인 줄만 알았더냐

봄볕이 나른한 줄만 알았더냐
뒤끝 매운 삭풍 잡으려면
여리고 부드러워서만 되겠느냐
뱃가죽 말라붙은 무지깽이 농사꾼이
만주 벌판 말 달리는 독립군 되고
소 먹이는 꿈 어린 벽돌공이
무등산 울리는 칼빈총 시민군 되는데
시가 꽃인 줄만 알았더냐

봄볕 그늘은
겨울 그림자보다 서늘하다
제 속을 뚫고 나온 것은
새벽 숫돌에 끼얹는
우물물보다 날 서 있다
시가 하냥 꽃이었다면
시가 하냥 노래였다면
봄볕은 겨울 담을 넘지 못했다

제2부

새잎

아이구 예뻐라
이런 게 어디서 왔노

조물조물 뽀얀 솜털
어찌 저리 고우냐

유모차 툭 비집고

꼬물꼬물 발가락
어찌 저리 살갑냐

너로 인해 늙고
너로 인해 아파도

아깝지 않아라
서럽지 않아라

굳은살 뚫고
억센 손 붙들고

마침내
한 세상 이루었구나

매화 지고 벚꽃 피니

다음이란 말이
이리 설렐 줄 몰랐네
섬진강 흐르듯 봄비에
한번은 후두둑 지고
지빠귀 아침 울음에
한번은 하롱하롱 날리니
눈꽃인가 바람꽃인가
매화 지고 벚꽃 피니

다음이란 말이
이리 눈부실 줄 몰랐네
봄볕 장광 슬픈 눈빛
광양 남자 하동 여자
인간 이별 뒤로한 채
산조 가락 퉁기니
나비인가 꽃잎인가
매화 지고 벚꽃 피니

등 좀 긁어 줘

세상에서 가장 소박하고도
세상에서 가장 미안한 부탁

당신 고운 손끝 덕에
마른 연못 꽃이 피네

짓궂은 농담에
푸른 파도 철썩이고

금붕어 서너 마리
얄궂게 촐랑대는

세상에서 가장 사랑스럽고
세상에서 가장 미안한 부탁

이별의 각도

이별의 각도는 45도다
설 수도 누울 수도 없이
중력을 견디는 피타고라스
45도는 가장 멀리 난다
기류를 타고 차갑게 비상한다
관계는 빗변에서 뜨겁고
민들레는 노을 진 비탈에서
홀씨를 떠나보낸다
이별을 두려워하는
모든 이들의 손끝에는 45도가 있다

이별하라
새로운 나와의 비상을 위해

머리하는 날

동네 여인들 머리하는 날
띵동 미용실 김 원장 썰 주머니는
황소개구리 한여름 울음보마냥 부푼다
세상 물정 모른 게 없는 시장 평론가 띵동
김 원장의 신박한 해설은 파마처럼 말아진
여인들의 울음보를 정갈하고 유쾌한 웃음보로 바꿔 놓
는다

김 원장, 그 인간 술 처먹고 맨날 늦게 들어와
여자 생겼나 봐 속상해 죽겠네, 머리 좀 잘 말아 봐 봐
— 언니야, 전생에 나라 구했니 어쨌니
  형부 생활비 꼬박꼬박 갖다주지
  언니한테 잔소리 안 하지
  띵동! 언닌 논개야 논개
일제히 빵 떠진 "걀걀걀" 까치 떼 웃음보

김 원장, 요새 애들 아빠 옷차림 붉으작작 이상타 했제
  콜라텍 다니더라, 춤바람 난겨, 못 살겠다 못 살아, 머리
좀 짧게 쳐 봐 봐

— 언니야, 니는 신랑 잘 생겨서 얼굴 뜯어먹고 산다고
   맨날 자랑했잖여
   띵동! 얼굴값 계산 치렀다고 생각혀
일제히 빵 떠진 "걀걀걀" 까치 떼 웃음보

동네 여인들 머리하는 날
띵동 미용실 밖 이구동성 흘러나오는
웃음소리엔 신묘한 흐름과 리듬이 배어 있다
수양버들 아래 머리 푼 여인들이
백련지 연꽃으로 변신하는 하얀 웃음보
공감과 위로의 아고라
띵동 미용실 머리하는 날
인근 장터 뻥튀기 소리가 무색할 만큼
김 원장 띵동 신호에 일제히 빵 터진다

수영장에서 생긴 일

휴양지 수영장
한 무리의 아이들이
허겁지겁 물속으로 뛰어든다

풍덩풍덩

저희 키보다
한 뼘 깊었나 보다

잠시 당황하더니
금세 안정을 찾는다

피아노 건반 튕기듯
트램폴린 위에 뛰듯

콩콩콩 방방방

바닥을 찍는다
솟구쳐 오른다

그렇구나
바닥은 새로운 시작
실패와 두려움의 밑

그 보이지 않는 탄성彈性

지금 세차 중

여러 복잡한 사정으로 과음한 다음 날
나름의 처방으로 자동 세차장을 찾았다
위내시경 하듯 울렁거린 긴장감
탄산수 기포처럼 일순 빨려 들었다

직진과 후진으로 점철된 젊은 날
중립의 때를 기다리며
돌아보고 헤아리는 시간이 부족했다

내 길이 아니라는 둥
내일 비가 올 거라는 둥
무지한 핑계와 게으른 변명으로
짧은 고행마저 외면했다

삶이란
폭풍과 뜨겁게 공존하는 일
비바람 몰아친다고 급제동해서도 안 되는 일
잠시 창을 닫고 귀를 접으며 내면의 소릴 듣는 일

꿈속 바다처럼 짧고도 긴 터널 지나
흥건히 젖어 다시 신호등 앞에 서면
풍랑을 건너온 어제의 새들이
창가에 앉아 성긴 눈물 흘리고 있다

고드름

밤새 눈물이 비수로 꽂혔다
그대 떠나고 남은 영롱한 언약

그리워하지않겠다
매달리지않겠다
외롭지않겠다
울지않겠다
처마지붕
간두
끝

대롱대롱 불타는 눈물들
잊을수록 자라는 그리움

석류

찬란하기 전 보아라
눈부시기 전 보아라

아름답다는 건
황홀하다는 건

비바람 뒷전
고즈넉 꽃 피우고

뙤약볕 앞서
이슬 흠뻑 축이고

새벽보다 붉은
막차를 기다리는 것

아프게 채우고
기쁘게 뱉는 것

곡강

1.
울며, 갈지자로 횡보해 본 적 있는가
곡강은 그런 강이다
아무도 없는 이른 아침 곡강은
바람도 모르게 굽이쳐 흐른다
등 굽어 찾아온 자들
오장육부 드러내며 소리쳐 울고 싶을 때
돌로 슬픔을 눌러두지 말라고
주먹으로 입을 틀어막지 말라고
새벽안개 마중 보내 하얗게 흐르는 것이다

2.
저마다 생이 그렇듯
슬픔은 진양조로 흐르고
그리움은 아랫물에 쌓이네
강 건너 느러지 솔아
나삼 자락 흔드는 그 너머 여인아
표해漂海하던 옛사람 최부가 아니더라도
활짝 핀 수국 본 듯 맞아 다오

물돌이 한 굽이에 설움 한 봇짐
물돌이 두 굽이에 미련 두 봇짐
바랑바랑 물길 속에 던져두고
안개 속 새벽길 떠나려네
새벽 속 안개길 떠나려네

몸살

여름 휴가에 손님이 찾아왔다
쉬는 날 찾아와서 참 다행이다
짧다 보니 긴 영접 못 했지만
까실한 인견 이부자리로 맞았다
술친구마냥 힘들 때 찾아오는 손님
세상 변덕만큼이나 죽 끓듯 한다
뜨겁게 달아오르면서 춥고
허기지면서 입맛은 없다
뜨거운 것이 빨리 식는다는 오해
상식처럼 받아들여야 심사가 편해지는
동침 마지막 아침
미지근한 열정을 리트머스 같은 욕조에
살아온 절반을 담그고 식은땀 흘리는 데
똑똑 욕실문 두세 번 두드리고
몇 글자 남겨 둔 채 사라졌다

　　서러워 마라
　　외로워야 산다

잘 묵고 간다는 인사도 없이

모든 이별은 남겨진 사랑을 위해
첫눈처럼 아프다

새하얀 바늘이 목덜미를 찌른다
밤새 알코올로 닦은 눈두덩이
벌겋게 달아오른 통풍이 욱신거린다
이별은 이 별만의 축복인 듯
사랑은 떠나고 세상은 하얗다
새들도 날카로운 소리를 멈추고
지상의 활개를 접는다
어제의 말들은 숫돌 위
쇳소리에 그윽이 묻혔다
모든 이별은 남겨진 사랑을 위해
첫눈처럼 아프다

비를 맞으며

비를 맞는다
이름 모를 네게 쏟아버린
증발된 말들을 돌려 맞는다

편의점 알바 소년에게
중식당 배달 청년에게
서빙하는 동남아 노동자에게

무심코 내뱉은 꼰대의 말
가르치려 들고 하대했던
영혼 없는 애정의 변명들

모락모락 뭉게뭉게
위선의 수증기는 피어오르고
열대보다 뜨거운 열대의 밤

언제부터 한국 날씨가 이랬냐며
툴툴대는 무수한 중년의 나에게
언제부터 당신들이 개구리였냐며

매서운 스콜이 쏟아진다

갑자기 불어난 빗물에 발목은 잠기고
어디서부터였지는 때아닌 올챙이들이
절레절레 꼬리를 흔들며 스쳐 간다

부고訃告

누구나 한번은 주인공
다시 없기에 절절하고
두 번 없기에 찬란하다

희망의 땀으로 덧칠하고
절망의 피로 돋을새김하여
평생을 키운 새 한 마리
가슴을 뚫고 활개 한다

애증과 미련으로 점철된
혈육과 인연의 울먹임
마지막 눈빛을 쪼고, 멈칫

날
  아
    간
      다

제3부

닮아간다는 건

바다가 하늘을 담고
하늘은 바다를 품어

때가 되면 부끄러이
서로를 비추고

닿을 수 없는 곳에서
한없이 그리워하며

저녁의 때를 기다려
서로의 빛깔에 물드는

스파이더맨

줄을 타는 건 그대만이 아닐 것이다
도시의 거미 인간들은 스스로
콘크리트를 사출하고 방적 돌기하며
영혼을 끌어모아 집을 짓는다

먹잇감을 유혹하는 '청춘의 덫'
변심한 애인을 향한
청순가련 주인공의 복수심처럼
부서지지 않는 욕망의 늪에 빠진다

날벌레들이 잘 꼬일 거라는
미디어 거간꾼들의 꼬임에
거미줄에 목맨 청춘들

인간다운 삶을 꿈꾸며
허공에 집을 짓는 게
그대만이 아닐 테지만
산 입에 거미줄도 못 치는
도시의 스파이더맨

'샬롯의 거미줄' 같은
기적을 기다릴 뿐

막걸리와 소금

떠난 친구가 그리울 때
막걸리 주조장 이 빠진 탁자에 앉아
함초밭 소금 혀끝에 붙잡고
잘게 부순 순도의 기억을 삼킨다
시장기는 한 사발 허기진 목청을 타고
저인망 쌍끌이처럼 오장을 훑쓴다

친구여
텅 빈 공원 벤치에 앉아
비둘기 눈처럼 슬픈 건 없을 거라고
곡주穀酒에 패배의 눈물을 섞지 않았나

슬픔을 볼 줄 아는 눈은 특별해
소금처럼 빛나고 달빛처럼 흐르니
그런 눈을 가진 여자와 사랑에 빠지면
세상 등져도 원이 없다고 했었지

비틀거리는 세상, 가끔은
함께 비틀거려야 바로 보인다고

살갗 쓸리듯 분憤 가득한 분필로
망원동을 온통 소금밭으로 도배한
심야의 염부들을 기억하나

시간은 흘러도 세상은 그대로인데
흔한 사랑 한 번 못 하고 떠난 친구 그리워
땅끝 미황사 달마고도 가는 길
막걸리 주조장 이 빠진 탁자에 앉아
곡주哭酒 달래 줄
슬픔을 볼 줄 아는 슬픈 눈으로
꾸룩꾸룩 쪼아댄다

편백나무에게

오랜만이라는 인사가 염치없어
계절 소식으로 대신할까 합니다
그곳 더위는 한풀 꺾였는지요
이곳도 귀뚜라미 울음이 제법 영글었습니다
지나고 나니 매미 소리도 한때였습니다
당신이 나의 고백을 등지고 돌아섰을 때
심장은 한동안 밑 빠진 독처럼
채워지지 않는 피를 쏟았습니다
무너져 내린 세상이 당신인 줄만 알았습니다
미워하고 원망했습니다
마음대로 사랑하고 힘껏 절망한 탓인지
들판이 금빛으로 변해가고
뒷산이 각색으로 조화를 부릴 무렵
사랑했다는 이유만으로 피가 돌기 시작했습니다
들끓던 붉은 피가 말끔히 비워지고
당신의 푸른 피로 가뿐히 채워졌습니다
먼 곳에서 어쩌면 미안해할 당신에게
내 서툴고 헤픈 사랑을 밀어내 줘서
고마웠노라 소식을 전합니다

밤새 파도친 쓰다만 편지를 꺼내 들고
당신의 상쾌한 피가 흐르는
푸른 우체통을 향해 달려갑니다

미안합니다

입버릇처럼 '미안합니다'를 달고 사는 노인이 있습니다 뭐가 그리 미안하냐고 뱀도 없냐고 그만 굽신거리라고 안 타까운 듯 안쓰럽다는 듯 한말씀 보태지만 미안하다는 말에는 신령한 힘이 있어 보이지 않는 벽을 뚫고 철옹성을 녹입니다 고목의 껍질을 뚫는 어린 새잎처럼 미안하다는 말로 시작하는 인사는 뒷마당에 떨어진 어제의 말들을 쓸어 담는 오묘한 떨림이 있습니다 미안하니 고맙고 미안하니 사랑할 수밖에 없습니다

오늘도 당신께 미안합니다

전어구이

가을 전어가 돌아왔다
돈 벌어 오겠다며 떠난 당신 생각에
길가 코스모스처럼 잠시 흔들렸다
퇴근길 호출된 포차 안주감이
비단 그대만이 아닐진대
세파에 베인 상처 위 뿌려진 굵은 소금
그 비정함을 핑계로 위로의 술잔을 부딪힌다
가시에 붙은 살인지 살에 붙은 가시인지
불안한 젓가락질 어지럽게 헤집다 보면
가시 돋힌 슬픔 목구멍에서 울멍거린다
간혹 인생 진미 설파하는 현자들 입맛 따라
열 길 물 속 가르는 은빛 화살촉
한 길 사람 속 장렬히 베어 물면
지나온 가시밭길 비릿한 고소함
시련의 가시들이 잘근잘근 텅 빈 속을 어루만진다

돌담과 감귤

자세히 보아 다오
우리가 어떻게 어울리는지

헛헛한 내 열정
그대는 과즙으로 품었고

그대의 시큼한 바다
타버린 가슴에 담았네

바람은
검은 어깨를 넘나들고

달빛은
사려니숲에서 그윽하네

오랫동안 헤어졌다
다시 만난 이들이여

쉬멍 걸으멍 보아다오

우리가 왜 어울리는지
우리가 왜 함께하는지

몬스테라
– 칼 융을 떠올리며

고삐 풀린 가을 햇살 한 마리 껑충
창틀을 뛰어넘다 거실에 넘어졌다

바람이 떠밀었는지 사나흘 곯았는지
낙상한 X-ray 사진이 예사롭지 않다

메뚜기 떼 휩쓸고 간 듯 황량한 1번 늑골
가면을 쓴 벼랑 끝 늑대들의 하울링

흑백으로 흔들리는 앙상한 2번 늑골
비에 젖어 부르르 떠는 새 그림자

맘모스 어금니처럼 용맹한 3번 늑골
무의식에서 갓 깨어난 빙하기의 신화

태양은 자기(self)를 향해 붉게 기울고
이브를 애타게 부르는 처량한 아담

오, 나의 시뮬라크르

사랑의 물리학 2

하나같아서
끌린 게 아니다

하나라는 착각 속
다름을 채워가는

가장 정확한
불확정성

널 사랑하는 동안
내 사랑은 변한다

사랑의 물리학 3

사랑은 운동이다

텅 빈 우주

내가 너에게
네가 나에게

끝없이 낙하하는
좌표의 기록이다

사라지는 사랑은 없다
다만 변화할 뿐

주문呪文

웅얼웅얼 우리 할매
주문을 거시네

엎치락 에구구구
내 빨리 죽어야지

뒤치락 에구구구
내 새끼 못 할 일 시키네

죽어야지빨리죽어야지
죽어야지어서죽어야지

우리 할매 주문에는
마법이 살아 있네

나죽고내새끼아프지마라
나죽고내새끼오래살아라

넘어져라

한 해 마지막 날
함박눈 펑펑 쏟아지고
키 180cm 중3 아들놈이
빙판에 두 번이나 넘어졌다고
가방을 내던지며 투덜거린다

넘어져라 넘어져라
넘어질 수 있을 때
두 번이고 세 번이고
넘어지고 쓰러져라

넘어질 때 안 넘어지고
쓰러질 때 안 쓰러진 자들
그들이 힘없는 이웃을
넘어뜨리고 쓰러뜨리니

아들아
오늘 너의 엉덩방아는
눈부시게 인간적이구나

까진 무르팍의 선혈은
공동체의 희망이구나

우산과 지팡이

한 손에는 우산
한 손에는 지팡이
우리가 길을 걷는 방식이다

한 눈에는 연민
한 눈에는 분노
우리가 세상을 보는 방식이다

한 발로는 절망을 딛고
한 발로는 희망을 세우는
우리가 연대하는 방식이다

우산은 홀로
비바람을 견디게 하지 않는다

지팡이는 홀로
쓰러지게 하지 않는다

한 손에는 우산

한 손에는 지팡이

우리가 반역과 싸우는
필승의 방식이다

방생

냉동실 아래 칸 감춰 둔
검정 봉지 하나를 꺼냅니다

돌덩이처럼 단단해진
미움 한 봉지

물속으로 흘러가라고
이제 그만 놓아줍니다

밥값과 쌀값

쌀을 '살'로 발음하던 경상도 친구에게서
이른 아침 봄바람 같은 살 냄새가 났다
다른 친구들이 '싸~ㄹ' 해 보라고 놀렸지만
나는 그의 '사~ㄹ' 발음이 정겨웠다
초여름 도랑 흐르듯 시원했다

밥값 할 나이에 쌀값도 못 하는
비루한 시절을 견딜 수 있게 해 준 것도
불온한 세상을 향해 쌍심지 켜고
삿대질이라도 할 수 있었던 것도
밥은 꼭 챙겨 먹고 다니라는
할머니의 할머니로부터 내려오는
그 밥심이었다

우여곡절 끝에 밥값 좀 할 무렵
살 냄새 나던 그도 그의 친구들도
밥값은 서로 내려 어깨를 밀쳤지만
더 이상 쌀값 이야길 하지 않았다
쌀값은 돈만 주면 차고 넘치는

잉여의 밥상으로 전락했다

반도체를 냄비에 넣고 끓여 먹지 않는 이상
자동차를 밥솥에 넣고 끓여 먹지 않는 이상
쌀값은 주권이다
피땀으로 지켜낼 주권의 보루다
살 비비며 살아갈 공동체의 미래다
누구도 봄 논에 핀 어린 모를 꺾을 순 없다

제4부

하지夏至

세상의 높고 낮음을 몰랐을 때도
하루의 길고 짧음은 알았다

주먹만 한 한 알이면
아침 찬으로 충분했다

못생긴 감자들 배꼽이란 배꼽은
죄다 찔러 보던 시절

스뎅 공장 다니는 소년공 외삼촌은
밀링커터에 손가락이 잘렸다

한동안 감자볶음은 밥상에서 잊혔고
감자는 광주리에 서슬 퍼렇게 유폐됐다

적십자병원 응급실에서 만난 외삼촌의 왼손은
칼빈총으로 변해 있었다

김 나는 총구에는 감자꽃이 꽂혀 있었고

늘 그랬듯 뭘 제일 먹고 싶냐고 물었다

몽돌처럼 굴러온 생뚱맞은 감자 타령에
외삼촌도 나도 하얀 꽃망울을 터뜨렸다

하늘은 대책 없이 높고
하루가 무지하게 긴 그날

1980년 6월 21일이었다

돌머리 해변에서

끝이 단단해야 풍파와 맞서는 법
끝이 야무져야 속살을 지키는 법

돌머리들이 모난 정을 맞는다

돌의 역사가 그랬듯
사회구성체가 그랬듯
약자들의 먹이가 그랬듯

돌에는 피가 흐른다

돌을 밥처럼 먹었던 詩들은 사라지고
밥을 돌처럼 먹는 詩들이 꽃 피는 지금

끝이 어두워야 빛을 감싸는 법
끝이 예리해야 어둔 길을 찾는 법

필통 잉태기

공부에 흥미 없는 아들 녀석 시험 전날
국어 질문에 애먼 필통을 나무랐다
꾀죄죄 얼룩 때 시궁쥐 한 마리 이게 뭐노
세균 덩어리 다 버리고 새로 사든지 자슥아
무기력하게 '표본실의 청개구리' 해부하듯
만삭의 지퍼를 내리자 항변의 부속물들이
와르르 순국하듯 쏟아졌다

고락을 함께한 몽당연필
평생 지워도 다 못 쓸 든든한 점보 지우개
귀 잘린 접대용 분홍 지우개 여분 여러 개
드르륵 커터칼보다 안전제일 연필깎이
부서진 삼색 볼펜 허리 밴딩 잊지 않고
위로와 공감의 메신저 노란 포스트잇
모난 상처 투명하게 덮어 줄 유리 테이프
외롭고 쓸쓸한 무한 경쟁 속 형광 등대
그래도 청춘은 무지개 색연필 꽃다발

석차 백분율 5등급 넌

이웃과 함께 사는 법을 알고 있었구나
머리 싸매며 민주와 상생을 외치는
위선의 노랫말보다 가슴 품은 따뜻한 공동체
함께 사는 행복을 버릴 순 없지 않느냐며
뻘쭘히 필통 속을 주섬주섬 채우는 내게
따가운 레이저 눈빛으로 반문한다

꽃길만 걷지 말자

봄꽃이 만발했다
춘만한 만화방창
형형색색 난만하다

그대 꽃 편지
무안하게 되받아 미안하다
곱씹어 생각해도 꽃길만 걷지 말자

꽃길만 걷다 보면
함께 걷는 길동무 하찮게 보이고
풀벌레 울음소리 시끄럽게 들리고
슬픈 이웃에게서 멀어져 가고
연민보다 손익에 급급해지니

그대여 꽃길만 걷지 말자

그믐밤 진흙탕 길 위에서
서로의 호명呼名 불빛 삼아
앞서거니 뒤서거니 손잡고

꽃길보다 환한 위로의 노래 부르자

꽃길이어서 행복한 게 아니라
그대와 함께여서 꽃길이었음을
해거름 영산강 붉어질 때
바람의 향기로 물결치자

이제 겨울이 두렵지 않다고

어머니 배은심*

참 이상한 사람
대신 살 수 없는 삶 대신 살고
대신 질 수 없는 짐 대신 지고
자식 숙제를 당신 숙제로
자식 안 듯 안고 간
참 야릇한 사람

참 불행한 사람
자식 묘비명을 열사로 새기고
매해 거룩한 조문 인사를 하고
자식 죽음을 다룬 영화를 보고
밤새 가슴치고 쥐어뜯던
참 슬픈 사람

참 설레는 사람
손자뻘 자식 만나러
단장하고 떠나는 길
네가 못다 한 꿈
눈썹에 이고 왔다며

섣달 겨울 산 하얗게 넘는

참 고운 사람

* 배은심(1940~2022) : 학생운동가 고 이한열의 어머니이자 사회운동가

노을 강변에 앉아

- 홍범도 장군 영전에

삼복 더위 지나는 해거름이면
노을보다 붉게 떠난 당신이 떠오릅니다
층층이 내려온 석양에 앉아 당신이 오르던
수백 개의 계단과 난간을 떠올립니다
두렵고 어두운 첫발 당신을 불빛 삼아
앞 물결 등 밀고 뒷 물결 손잡던
그을린 얼굴들과 어깨를 걸었습니다
굽이굽이 눈앞에 펼쳐진 그때를
오늘의 사람들은 역사라고 부릅니다
물길은 돌고 돌아 흐르고
뜻밖의 암초에 부딪히고
넝쿨 같은 말풀에 발목을 잡히기도 합니다
하지만 바위산도 강물을 막을 순 없습니다
어떤 그물도 강물을 붙잡을 수 없습니다
살다 보니 허망한 일에 가로막힙니다
살아 보니 공든 탑이 무너지기도 합니다
그럴 때면 절망과 상실의 그림자가 엄습할 때면
노을 강변에 앉아 풀잎 입에 물고
당신이 들려준 노래를 흥얼거려 봅니다

칼의 흔적으로 피의 물결을 지울 수 없음을
노을보다 붉게 떠난 당신의 이름으로 불러 봅니다

나는 위험을 네게 팔았다
– 하청 노동자 김용균의 죽음 앞에서

나는 위험을 네게 팔았다
시장의 이름으로
몇 푼 돈에 죄의식까지 얹었다
더는 뒤로 갈 수 없었던 막다른 네게
가족오락관 예능처럼 시한폭탄을 넘겼다
불안과 불능을 외주한 채 돌아섰다

편했다 잊고 싶었다
밤새 돌아가는 홈쇼핑 채널처럼
반품을 보장받고 싶었다
침묵할수록 AS는 길어졌고
방관할수록 정규의 명찰은 분명했다
이것이 성공의 차선이라 생각했다

그러는 동안 구의역 스크린도어에서
김 군이 깔려 죽었다
그러는 동안 현장실습생 열아홉
민호가 압사했다
그러는 동안 2000도 용광로에 빠진

이 씨는 시신마저 녹아버렸다

그러는 동안
다시 그러는 동안
태안화력발전소 일 년 계약직
하청 노동자 24살 김용균이
컨베이어벨트에 끼여 죽었다

나는 내 위험을 네게 팔았다

나는 지금 내 위험을
열두 살 아들의 미래에 외주하고 있고
나는 오늘 내 절망을
열여섯 살 딸의 내일에 하청하고 있다

이것이 비정규직이다

우리는 꽃이 아니다
– 일본군 위안부 피해자 기림의 날을 맞이하여

짐승의 밤을 지나
사람의 아침이 와도
우리의 꽃은 보이지 않았다

육신의 가죽을 벗겨
둥둥둥 북소리 울려도
머리통 두 쪽 나도록
종로의 인경을 두드려도
우리의 꽃은 보이지 않았다

꽃보다 더 꽃 같은 나이에
꽃조차 시샘할 아까운 시절에
우리는 악귀의 노예가 되었다

비단으로 수놓은 것 같다던
고향 산천 뒤로하고
낫 놓고 기역자도 모르던 무지깽이
순박한 어미와 아비를 뒤로하고
트럭과 기차에 실려

우리는 악마의 노예가 되었다

보는 것만으로도 뭇 사내의 가슴을
선홍으로 물들일 봉선화 같은 입술은
찢기고 짓이기고 발길에 차여
텐구天狗*의 시궁창에 버려졌다

어디 그뿐이랴

섬나라 발정난 악귀들은
갓 열서넛 넘은 세요각시의
순결한 허리를 꺾어 희롱했으며
지천의 씨앗을 수줍게 품은
반도의 자궁을 도려내고 난도질했다

그때 우리는 인간의 탈을 쓴 늑대를 보았다
그때 우리는 늑대의 탈을 쓴 악귀를 보았다
그때 우리는 악귀의 낼름거리는 혀에 감긴
아수라의 끝을 보았다

세상 어느 인간이 이보다 큰 고통을 맛볼 수 있을까
세상 어느 여인이 이보다 큰 능욕을 감당할 수 있을까
세상 어느 아비의 딸이 이보다 처참히 욕될 수 있을까

아, 지옥도 이보다는 평온했으리
아, 아수라도 이보다는 꿈결 같으리

피워 보지도 못한 채
물오르지도 못한 채
꺾여 쓰러진 우리가
어찌 꽃이어야 쓰는가
어찌 꽃이어야 쓰는가

우리는 꽃이 아니다
윤사월 초승 아래 퍼렇게 날 선 보릿잎 같은
조선의 낫이다

우리는 꽃이 아니다

삼경 그믐 아래 천지를 뒤흔든 속울음 같은
조선의 억새풀이다

삭풍도 비껴 지나가고
철새도 숨죽이며 나는
동녘 밤하늘 가장 먼저 뜨는 별이다

지상의 꽃이 될 수 없어
천상의 별이 된 소녀들

김학순, 박영심, 문명금
김순덕, 정옥순, 김복동

어찌 모두 헤아릴 수 있으랴
차마 셀 수도 없는 이름 없는 별
범나비 둥실둥실 나는 고향이 그리워
별을 세다 별이 되어버린 소녀들

이제 한 점 불꽃이 되리라

악귀의 심장에 생명의 뜨거움을 새기리라
두려움에 떨던 수줍은 두 손으로
용서할 수 없는 너희 이마에
용서의 불도장을 찍으리라

세상에 둘도 없는 눈부신 복수를 하리라

지상에서 피지 못한 꽃이 아니라
인간의 존엄을 만방에 보여 준
별의 이름으로 기억되리라
별의 이름으로 노래하리라

* 텐구 : 일본 악귀

어느 소년공의 단식

굶기를 밥 먹듯이 한 어린 것이 다시 굶는구나
생각하고 싶지 않았을 그때를 불러 세우며
떠올리고 싶지 않았을 시장통 화장실 문지기
어머니의 눈물을 소환하며
다시 굶는구나, 밥 먹듯이 굶는구나

굶기를 밥 먹듯이 한 소년공이 다시 굶는구나
장갑공장 프레스에 팔목이 으스러지고 뒤틀리고
시계공장 락카실 아세톤 벤존에 후각을 잃고
코 묻은 월급 떼이고 피 묻은 치료비 떼이고
아, 나도 공부하고 싶다
저 아이보리빛 셔츠 아이들처럼
나도 학교 가고 싶다던 소년공이
다시 굶는구나, 또 굶기는구나

더 이상 굶기지 마라
친일 반민족을 밥 먹듯이 한 너희들이
알 수 있는 배고픔이 아니다
교복 못 입은 한이 무상교복으로

과일 못 먹은 서러움이 친환경급식으로
가난의 뼈저림이 공공보증 긴급생활대출로
약자의 눈물을 닦기 위한 소년공의 다짐을
더 이상 조롱하지 마라

목마른 독립군 앞에서 물을 쏟았던 고문 기술자들이여
치욕에 떠는 여대생을 성고문하던 독재의 하수인들이여
자식 잃고 단식하는 세월호 유족 앞에서
치킨 피자 먹방에 낄낄대던 시대의 패륜아들이여
더 이상 조롱하지 마라

굶어 보니 알겠다
다시 죽음의 문턱에 서 보니 분명하다
소년공을 굶겨야 하는 이유를
소년공의 결기를 꺾어야 하는 이유를
민생을 흡혈하며 기생하던 자본의 생존을 위해
혈세를 유용하며 상생했던 정경 카르텔을 위해
동족을 적으로 활용한 공포 통치를 위해
무소불위 부패 검찰 권력의 영속을 위해

굶어 보니 알겠다
너희들은 국민을 굶겨야 사는구나
피에 굶주린 하이에나처럼
거짓 뉴스로 힘없는 노인을 속이고
곡기 끊은 소년공을 할퀴고 물어뜯고
독립군 토벌하던 반역자를 기리기 위해
독립군 총사령관을 부관참시하는
너희들은 국민을 흡혈해야 사는구나

오늘만 굶겠다
내일이 없는 오늘만 굶겠다
국민을 굶겨야 사는 너희와 싸우기 위해
내일을 빌려와 오늘 하루만 더 굶겠다

속을 비우겠다
어제의 과오와 미련을 버리겠다
슬픔을 가장 잘 보는 슬픈 눈을 가진
소년공으로 돌아가겠다

함께 사는 대동세상을 채울 수 있게
더 넓고 더 깊게 비워 놓겠다

굶어 본 적 없는 권력은
굶기를 밥 먹듯이 한 백성을 이길 수 없다

그게 역사다

제주의 바람

바람이고파
항파두리 청보리 흔들고
반쯤 타버린 깃발
허공에 아우성치는
영실기암 까마귀 같은
통곡의 바람이고파

초여름 된장국 소리
사람의 마을에서 사라지고
잊어야 산다는 천 번의 말로
오늘을 묻고
죽어야 잊는다는 만 번의 말로
내일을 묻으니
단 하루만이라도
어제가 오늘인 바람이고파

시공의 벽을 눈물로 허물고
통곡의 망치로 기억을 세우는
부릅뜬 사월의 바람이고파

당신과 나 사이

우리나라 최초 달 탐사 위성 다누리호에서
지구와 달 사진 한 장 보내왔습니다
오랜 세월 측량할 수 없을 것만 같았던
당신과 나 사이가 드러난 것만 같아
얼굴이 화끈 달아오르고 손이 떨립니다
멀리서 보면 이리 잘 보이는 것을
돋보기 찾고 현미경 내밀었나 모릅니다
중력 밖이니 오직 당신과 나만 보입니다
보이지 않는 줄을 사이에 놓고 밀고 당겼던
지난날이 부끄럽고 민망합니다
당신과 나 사이가 수평선이었습니다
당신과 나 사이가 지평선이었습니다
하늘과 맞닿은 그 사이 꽃씨 하나
토닥토닥 심어 두겠습니다
언젠가 우주의 먼지보다 작은 시간이 저물 때
당신과 함께 사과 떨어지는 소리 듣겠습니다

갈대의 순정
– 트로트 메들리 1

사나이 우는 마음을 그 누가 아랴

노을은 부서진 담벽에 걸쳐 있고
아버지는 굴절된 석양을 마셨다
아버지의 술상은 자운영 꽃밭
온통 숯불이었다

전쟁통 부모 잃고 건넌 생계의 늪
땀내 쩐 난닝구는 이글이글 타올랐다

사랑에 약한 것이 사나이 마음
울지를 마라

허벅지 장단 막걸리 한 사발
눈물 없이 울 수 있다는 걸
그때 알았다

사랑, 변증법을 위하여

라면 먹자는
바알간 얼굴
작업복 사내

떡볶이 먹자는
사랑에 주린
갈색 눈 여자

망원역 모퉁이
분식집에 앉아
라볶이를 먹는다

찐빵 만두
하얀 김과 함께

눈꽃
사분사분 내리는
겨울밤

원형元型

누군가요?

저 깊은 못

발 담그고

참방거리며

손짓하는

그대의 그대

또 다른 나

해설

언어의 융합과 감동의 경로

백수인 시인, 문학평론가

시는 언어로 이루어지지만 일상에서의 담화와는 차원
이 다르다. 일상 담화의 목표는 정보 전달의 정확성에 있
지만, 시적 담화의 목적은 정서를 효과적으로 전달하여 독
자로 하여금 감동에 이르도록 하는 데 있다. 이러한 시적
효과를 달성하기 위한 언어 장치 중 대표적으로 꼽을 수
있는 것이 비유이다. 비유는 정신과 사물을 연결하기 위
해 사용하는 언어 표현의 방법이다. 비유의 근거는 두 사
물, 혹은 둘 이상의 존재 사이의 유사성 혹은 연속성에 있
다. 따라서 시 텍스트 내에 있는 존재들의 융합 원리를 이
해하는 것은 시적 정서의 본질에 다다르는 가장 빠르고 효
과적인 방법이다. 원래 비유는 두 존재의 유사성이나 동일
성에 의해 결합하는 원리이다. 그러나 두 존재의 유사성,
혹은 동일성의 거리가 짧으면 짧을수록 그 효과가 급격하

게 떨어지기 마련이다. 그래서 현대시에서는 그 거리를 될 수 있는 대로 멀리 떼어 놓는 방식을 선호하게 되었다. 유사성이나 동일성이 강조되는 비유는 대체로 참신성이 상실되기 쉽기 때문이다. 그래서 현대시에서는 "원관념과 보조관념 사이의 동일성이 희박할수록 좋은 시"라는 인식이 확산하고 있다. 이러한 비동일성이 강조되는 비유는 한마디로 '언어의 융합'에 의해 빚어지는 이미지와 그 이미지가 뿜어내는 참신하고 독창적인 시적 정서를 드러내는 효과를 갖는다.

시 텍스트 내에 시인이 만들어 놓거나 배치해 놓은 존재와 존재 사이의 결합 방식을 이해하는 것은 시인이 기대하는 정서적 효과가 무엇인지를 인지할 수 있는 열쇠가 된다.

이러한 관점에서 유진수 시인의 시편들을 바라보는 것이 주효하다고 판단했다.

바다를 닮은 창 앞
중년의 커플이 앉아 있다
갯돌이 된 문어처럼
나뭇잎이 된 새처럼
서로의 기억에 셋방을 내어 주며
설 데인 장판에 그림을 펼친다
한창의 열정에 타버린 아랫목

그 검은 터널을 뚫고 온 세월

갈매기는 서해 먼바다를 바라본

이유를 말하지 않는다

보리멸은 구시포를 떠나지 않는

이유를 말하지 않는다

바람이 바다를 닮는 건 쉬운 일

그러나 닮아간다는 건 고난의 길

실망하고 포기한 체념의 기항지

무엇이 무엇을 닮아간다는 건

신앙을 갖는 일이다

누군가 누굴 닮아간다는 건

결코 닮을 수 없는 창틀을

비워 놓는 일이다

— 「바다를 닮은 창」 전문

　이 시는 '닮음'에 대한 시적 의미를 담고 있다. '바다를 닮은 창'을 배경으로 '중년의 커플'이 앉아 있는 그림이 보인다. '창'이 '바다'를 닮은 것처럼 '중년의 커플'도 서로 '바다'이거나 '창'이고자 한다. 그러나 중년의 세월을 견뎌온 두 존재는 '갯돌이 된 문어'와 '나뭇잎이 된 새'처럼 거리가 멀다. 문어와 새의 거리도 멀지만, '문어' 스스로가 '갯돌'이 된 거리, '새' 스스로가 '나뭇잎'이 된 거리도 멀다. 결국 그들은 '갈매기'와 '보리멸'의 존재만큼 먼 거리를 두고 앉아 있다. 이러한 거리를 통해 화자는 "닮아간다는 건 고난의 길"이며, "신앙을 갖는 일"이라고 정의한다. 그것은 궁극적으로 "누군가 누굴 닮아간다는 건/결코 닮을 수 없는 창틀을/비워 놓는 일"이라며 '비움'의 마음을 갖는 것이 '닮음'으로 가는 길이라는 것을 제시하고 있다.

> 바다가 하늘을 담고
> 하늘은 바다를 품어
>
> 때가 되면 부끄러이
> 서로를 비추고
>
> 닿을 수 없는 곳에서
> 한없이 그리워하며
>
> 저녁의 때를 기다려
> 서로의 빛깔에 물드는

－「닮아간다는 건」 전문

'바다'와 '하늘', 두 존재의 '닮음'을 통해 그 의미를 보여준다. '바다'는 '하늘'을 담는 행위를 하고, '하늘'은 '바다'를 품는 행위를 함으로써 궁극적으로 '닮음'이라는 목표에 도달하고자 한다. 그리고 두 존재는 "때가 되면 부끄러이/서로를 비추고", "닿을 수 없는 곳에서/한없이 그리워"한다. 궁극적으로 '닮음'이란 두 존재가 먼 거리에 각각 존재하더라도 그리워하면서 도달하는 것이고, 그것은 "저녁의 때를 기다려/서로의 빛깔에 물드는" 행위를 통해 완성된다는 것이다.

여러 복잡한 사정으로 과음한 다음 날
나름의 처방으로 자동 세차장을 찾았다
위내시경 하듯 울렁거린 긴장감
탄산수 기포처럼 일순 빨려 들었다

직진과 후진으로 점철된 젊은 날
중립의 때를 기다리며
돌아보고 헤아리는 시간이 부족했다

내 길이 아니라는 둥
내일 비가 올 거라는 둥
무지한 핑계와 게으른 변명으로
짧은 고행마저 외면했다

삶이란
폭풍과 뜨겁게 공존하는 일
비바람 몰아친다고 급제동해서도 안 되는 일

잠시 창을 닫고 귀를 접으며 내면의 소릴 듣는 일

꿈속 바다처럼 짧고도 긴 터널 지나
흥건히 젖어 다시 신호등 앞에 서면
풍랑을 건너온 어제의 새들이
창가에 앉아 성긴 눈물 흘리고 있다

—「지금 세차 중」 전문

이 시에서 화자는 "과음한 다음 날/나름의 처방으로 자
동 세차장을" 찾아가 세차하는 과정을 이야기하고 있다.
즉, 세차하는 과정의 시간을 자신이 살아온 인생의 시간으
로 치환한다. "직진과 후진으로 점철된 젊은 날/중립의 때
를 기다리며/돌아보고 헤아리는 시간이 부족했다"고 술회
한다. '직진', '후진', '중립'의 자동차 운전 행위와 삶의 길을
걸어온 자신의 역정을 융합하고 있다. 자동 세차가 이루어
지는 동안 화자는 "무지한 핑계와 게으른 변명으로/짧은
고행마저 외면했다"고 과거를 반성한다. 이러한 반성을 통
해 "삶이란/폭풍과 뜨겁게 공존하는 일/비바람 몰아친다
고 급제동해서도 안 되는 일/잠시 창을 닫고 귀를 접으며
내면의 소릴 듣는 일"이라는 것을 깨닫는다. "꿈속 바다처
럼 짧고도 긴 터널"은 자동 세차의 시간인 동시에 뒤돌아
본 자신의 삶에 대한 역정의 시간이다. 화자는 지금 '흥건
히 젖어' 세차가 끝났다는 신호등 앞에 서서 "풍랑을 건너

118

온 어제의 새들"과 일체화되어 "창가에 앉아 성긴 눈물 흘리고 있"으나, 아직도 세차 중이다.

비를 맞는다
이름 모를 네게 쏟아버린
증발된 말들을 돌려 맞는다

편의점 알바 소년에게
중식당 배달 청년에게
서빙하는 동남아 노동자에게

무심코 내뱉은 꼰대의 말
가르치려 들고 하대했던
영혼 없는 애정의 변명들

모락모락 뭉게뭉게
위선의 수증기는 피어오르고
열대보다 뜨거운 열대의 밤

언제부터 한국 날씨가 이랬냐며
툴툴대는 무수한 중년의 나에게
언제부터 당신들이 개구리였냐며
매서운 스콜이 쏟아진다

갑자기 불어난 빗물에 발목은 잠기고

어디서부터였지는 때아닌 올챙이들이

절레절레 꼬리를 흔들며 스쳐 간다

- 「비를 맞으며」 전문

　이 시에서 '비'와 '말'은 등가를 이루고 있다. 화자에게 비를 맞는 행위는 "이름 모를 네게 쏟아버린/증발된 말들을 돌려 맞는" 일이다. 화자의 말을 수용했던 '이름 모를 너'는 '편의점 알바 소년', '중식당 배달 청년', '서빙하는 동남아 노동자'들이다. 화자가 그들에게 "무심코 내뱉은 꼰대의 말"들은 "가르치려 들고 하대했던/영혼 없는 애정의 변명들"이었다. 그 말들이 비를 맞는 화자에게 메시지로 되돌아오는 것이다. '매서운 스콜'은 화자가 되어 '무수한 중년의 나', 즉 이 나라의 중년들에게 쏟아낸다. "언제부터 당신들이 개구리였냐"는 것이다. '개구리'의 언어란 상대의 입장을 도외시하고 아무 생각도 의도도 없이 쏟아내는 '개굴개굴'이었을 것이다. 이렇게 호된 메시지의 비를 맞는 화자에게는 참회의 시간이었지만, 그 빗물에 개구리의 후예인 "때아닌 올챙이들이/절레절레 꼬리를 흔들며 스쳐" 간다는 것은 여전히 그런 '중년'들의 '말'들이 이어질 것을 암시하고 있다.

자세히 보아 다오
우리가 어떻게 어울리는지

헛헛한 내 열정
그대는 과즙으로 품었고

그대의 시큼한 바다
타버린 가슴에 담았네

(중략)

오랫동안 헤어졌다
다시 만난 이들이여

쉬멍 걸으멍 보아다오

우리가 왜 어울리는지
우리가 왜 함께하는지

– 「돌담과 감귤」 중에서

한 손에는 우산
한 손에는 지팡이
우리가 길을 걷는 방식이다

한 눈에는 연민
한 눈에는 분노
우리가 세상을 보는 방식이다

한 발로는 절망을 딛고
한 발로는 희망을 세우는
우리가 연대하는 방식이다

우산은 홀로
비바람을 견디게 하지 않는다

지팡이는 홀로
쓰러지게 하지 않는다

한 손에는 우산
한 손에는 지팡이

우리가 반역과 싸우는
필승의 방식이다

- 「우산과 지팡이」 전문

「돌담과 감귤」은 제주 지방의 특징적 풍정인 '돌담'과 '감귤'을 융합한 작품이다. 이 시에서 화자(돌담)는 청자(오랫동안 헤어졌다/다시 만난 이들)에게 "우리가 어떻게 어울리는지"를 "자세히 보아" 달라고 부탁하고 있다. 화자는 '우리'라는 범주에 이미 '감귤'을 품고 있고, 청자가 보아야 할 관점은 '어울림'이라고 함으로써 두 존재의 융합을 암시하고 있다. 시인은 현무암으로 쌓은 제주의 담장인 '돌담'이라는 광물질과 제주의 특산으로 알려진 과일인 '감귤'이라는 식물성 물질을 과감하게 융합시킨 것이다. '돌담'의 '열정'을 '감귤'은 '과즙'으로 품었고, '감귤'의 '시큼한 바다'를 '돌담'은 '타버린 가슴'에 담았다는 것이다.

「우산과 지팡이」는 '우산'이라는 우비와 '지팡이'라는 보행 보조 도구를 결합한 경우이다. '우산'과 '지팡이'는 길쭉한 생김새와 손으로 드는 도구라는 유사성을 갖지만, '우산'은 비를 가리기 위해 하늘을 향해 손에 드는 것이고, '지팡이'는 보행을 돕기 위해 땅을 향해 짚는 도구이다. "우산은 홀로/비바람을 견디게 하지 않는" 것이고, "지팡이는 홀로/쓰러지게 하지 않는다"는 것이다. 그래서 "한 손에는 우산/한 손에는 지팡이"를 드는 것은 "우리가 길을 걷는 방식"이라고 한다. 이 시는 '우산'과 '지팡이'의 결합 틀을 바탕으로 반복적으로 관념을 배치함으로써 사물의 의미가 관념으로 확장하는 비유 효과를 보여주고 있다. '연민'과 '분노'는 '세상을 보는 방식'이며, '절망'과 '희망'은 '연대하는 방식'으로 확장한다. 결국 그것은 "우리가 반역과 싸우는/필승의 방식"이라는 것이다. 이 시는 이러한 표현 방식을 통해 '연대 의식'과 '투쟁 정신'을 시적 서정으로 승화하고 있다.

봄볕이 나른한 줄만 알았더냐
뒤끝 매운 삭풍 잡으려면
여리고 부드러워서만 되겠느냐
뱃가죽 말라붙은 무지깽이 농사꾼이
만주 벌판 말 달리는 독립군 되고
소 먹이는 꿈 어린 벽돌공이
무등산 울리는 칼빈총 시민군 되는데
시가 꽃인 줄만 알았더냐

봄볕 그늘은
겨울 그림자보다 서늘하다
제 속을 뚫고 나온 것은
새벽 숫돌에 끼얹는
우물물보다 날 서 있다
시가 하냥 꽃이었다면
시가 하냥 노래였다면
봄볕은 겨울 담을 넘지 못했다

— 「시가 꽃인 줄만 알았더냐」 전문

그대여 꽃길만 걷지 말자

그믐밤 진흙탕 길 위에서
서로의 호명呼名 불빛 삼아
앞서거니 뒤서거니 손잡고
꽃길보다 환한 위로의 노래 부르자

꽃길이어서 행복한 게 아니라
그대와 함께여서 꽃길이었음을
해거름 영산강 붉어질 때
바람의 향기로 물결치자

이제 겨울이 두렵지 않다고

— 「꽃길만 걷지 말자」 중에서

「시가 꽃인 줄만 알았더냐」는 '시'에 대한 유진수 시인
의 인식을 담고 있는 작품이다. 이 시는 '시는 꽃이다.' 혹
은 '시는 노래다.'라는 인식에 대한 문제 제기이다. 시가 꽃
이고, 시가 노래라는 비유가 일반적으로 맞기는 하지만 그
것이 전부가 아니라는 것이다. 그래서 '시는 봄볕이다'라는
은유로 그 의미를 보충하고 있다. 화자는 '봄볕이 나른한
줄만 알았더냐'라고 반문한다. "뒤끝 매운 삭풍 잡으려면/
여리고 부드러워서만 되겠느냐"는 것이다. 그것은 '농사꾼'

이 독립군이 되고, '벽돌공'이 '시민군'이 되는 변전과 같이 더 넓은 의미로 확장해 보아야 한다는 것이다. '봄볕'이 여리고 부드러운 것 같지만, "새벽 숫돌에 끼얹는/우물물보다 날 서 있다"는 것이다. 궁극적으로 '봄볕'이 '겨울 담'을 넘은 것처럼 '시' 역시 넘어야 할 '담'이 있다는 것이다.

「꽃길만 걷지 말자」는 화자가 '그대'라는 청자에게 건네는 담화이다. 담화의 요지는 '꽃길'이 환기하는 순탄하고 고운 삶만을 추구하지 말고, 오히려 '그믐밤 진흙탕 길'처럼 어둡고 거친 삶이라도 이를 극복하는 것이 행복하다는 것이다. 극복의 방식은 "서로의 호명呼名 불빛 삼아/앞서거니 뒤서거니 손잡"는 것이다. 서로 '위로의 노래'를 불러주고, '그대와 함께'라는 의식을 갖는 것이다. 사랑과 연대의식으로 '겨울'을 극복하는 길이 더욱 가치 있는 삶이라는 것이다.

시의 언어는 우리가 일상에서 경험하는 언어와는 다른 차원에서 존재한다. 그것은 감각과 정서를 자극하는 독특한 힘을 지닌다. 일상적 담화가 정보 전달을 목적으로 한다면, 시적 언어는 그 이상의 목적을 지닌다. 시는 독자에게 감동을 주고, 그 감동을 통해 사물의 본질과 인간 존재의 깊이를 탐구하게 만든다. 유진수 시인의 작품에서처럼, 비유와 융합의 언어적 장치는 그 자체로 새로운 시적 정서를 만들어낸다. 이를 통해 시인은 우리가 미처 의식하지 못했던 감정의 이면이나 인간 존재의 복잡한 면모를 드러내며, 독자에게 더욱 풍부한 사유의 여지를 제공한다.

시적 비유는 단순히 두 대상을 연결하는 수단을 넘어서, 그 대상을 새로운 관점에서 바라보게 한다. 시인은 비유를 통해 삶의 아이러니와 모순, 그리고 그 속에 숨겨진 아름다움을 강조하며, 독자가 이 세상과 삶에 대해 더욱 깊이 고민하도록 만든다. 예를 들어, 「바다를 닮은 창」에서 바다와 창, 갈매기와 보리멸, 문어와 새 등의 이미지들은 서로 다른 존재들이 비슷해 보일지라도 그 내면에는 거리가 존재하며, 그 거리와 차이를 인정하는 것이 진정한 '닮음'으로 가는 길임을 시인은 강조한다.

또한, 유진수 시인의 시에서 등장하는 '연대'와 '투쟁'의 의식은 단순히 개인적 감정을 넘어서, 공동체와 사회적 관계에서 요구되는 상호작용을 의미한다. 「우산과 지팡이」와 「꽃길만 걷지 말자」와 같은 시에서는, 상반된 개념이나 대립적인 요소들이 결합하여 더 큰 의미를 창출한다. 이러한 언어적 결합은 시의 주제를 더욱 심화시키고, 독자에게 인생과 인간관계에 대한 깊은 통찰을 제공한다.

결국, 시는 그 자체로 언어의 경계를 넘나드는 창조적인 힘을 지닌다. 비유와 융합을 통해 우리는 익숙한 것들 속에서 새로운 의미와 감동을 발견하고, 시적 언어가 어떻게 세상을 바라보는 시각을 변화시킬 수 있는지를 체험하게 된다. 이러한 과정에서 독자는 시인과 함께 인간 존재의 본질과 삶의 진리를 탐구하며, 결국 더 풍성하고 깊이 있는 삶을 살아갈 수 있는 힘을 얻게 된다.